Pascale Boutry est née en 1970 à Angers.
Après avoir passé son bac option Arts plastiques, Pascale Boutry entre aux Beaux-Arts de Toulouse avec l'idée d'y apprendre un métier dans la publicité.
Mais en illustrant ***Comment Wang Fô fut sauvé*** de Marguerite Yourcenar, elle prend conscience que cette voie qu'elle découvre lui correspond bien d'avantage : avoir la tête dans les nuages, pouvoir rêver… être illustratrice !
La voilà partie aux Arts Décoratifs de Starsbourg dans l'atelier d'illustration de Claude Lapointe.
Diplôme en poche, elle travaille entre autre pour les éditions Milan, Actes Sud, Fleurus et Hatier…
Après ***Le Bêtisovore*** et ***L'Ortogafeur***, ***Gromolé*** est la troisième aventure qu'elle propose ; alors faites vos valises et bon voyage !

Chapitre 1

Je sais, à neuf ans, je n'ai rien à faire seul, dans la rue, à 10 heures du soir ! Mais primo, c'est vendredi, donc pas d'école demain et secundo, je rentre de chez mes grands-parents qui habitent à cent mètres de chez nous.

Chez mamie Jacqueline et papi Jacques, impossible de dire non.

« Reprends un peu de soupe !

– Oui Mamie.

– Tu n'aimes pas le tiramisu ?
– Mais si Papi.
– Encore une partie de sept familles !
– D'accord, mais après je rentre. »

Bref, 22 heures ! Seul dans la rue qui, même si elle est éclairée, ne m'inspire pas vraiment confiance. Tous les dix pas, je jette un coup d'œil derrière moi. Dommage, c'est devant que surgit le monstre !

« Eh petit, regarde où tu marches ! »

Tétanisé, paralysé, seul mon cerveau continue à avancer : *« Quelle est cette créature qui me barre la route ? Elle n'a pas l'air très dangereuse, mais qu'elle est laide ! Tous ces boutons, toutes ces pustules, sur son visage. C'est quoi : un extraterrestre ? un mort-vivant ? un zombie ? »*

« Eh petit, si tu me laissais passer ! »

« Mais si le monstre parle, c'est que c'est un humain ! »

« Qui… qui… êtes-vous ? je parviens à balbutier.

– Un gromolé. Et toi, comment t'appelles-tu ?

– Hugo, Monsieur Gromolé ?

– Non, je ne suis pas Monsieur Gromolé, je suis "un" gromolé !

– C'est quoi, "un" gromolé ? je demande à peine rassuré. Juste quelqu'un de très moche ?

– Tu as en partie raison, Hugo. Pourtant crois-moi, à ton âge, j'étais aussi beau que toi.

– C'est une maladie, tous les boutons que vous avez sur la tête ?

– En quelque sorte. Disons plus exactement que ce sont les gros mots.

– Un gros mal… des gros maux… c'est une très très grave maladie, alors ? »

Là, je crois que le monstre va éclater. Il se tord de rire. Il en aurait presque une allure humaine.

« Non Hugo, je te parle des gros mots, des mots grossiers, si tu préfères.

– Ça n'a jamais donné des boutons à personne, M'sieur, les gros mots !

– Détrompe-toi, jeune homme. Chaque fois que j'en échappe un, soit il me pousse un nouveau bouton, soit ceux que j'ai grossissent.

– Vous dites n'importe quoi M'sieur ! Des gros mots, j'en dis des tonnes, à l'école avec les copains, à la maison avec ma sœur. Et regardez, je n'ai pas la moindre pustule.

– Moi aussi Hugo, à dix ans, j'avais une peau de bébé. Jusqu'au jour où tu dis le gros mot de trop, celui qui fait pousser ton premier bouton. Alors, tu commences à devenir un gromolé, et c'est le début de l'enfer !

– Mais vous n'avez pas dit un seul gros mot depuis qu'on parle !

– C'est que je me soigne, petit. Je me soigne. Et je crois que je suis guéri, me dit-il en sautillant de joie, avant d'ajouter en reprenant son chemin tout guilleret, si tu ne me crois pas, va donc demander à ton voisin.

– Lequel ?

– Monsieur Débomeau, Hugo. C'est un spécialiste des gromolés : il en connaît des centaines. »

Et à ces mots, l'étrange personnage disparaît au coin de la rue.

« *Comment sait-il que monsieur Débomeau est mon voisin ? S'il le connaît, il me connaît ? Et s'il me connaît, je le connais ? Pourtant, il m'a demandé mon prénom…* »

C'est un cri qui m'arrache au bitume.

« Hugo !

– Oui, maman, je suis là, j'arrive. »

Chapitre 2

Au cas où, je n'ai pas dit un seul gros mot de la journée. Pourtant, il y aurait eu de quoi !

Louise, ma grande sœur (tu penses, elle a douze ans !) a encore joué au chef toute la matinée. Papa et Maman aux courses, ça l'arrange. La maison pour elle, une mission à accomplir « Surtout, surveille bien ton petit frère », et Hugo (moi!) comme souffre-douleur: « Fais ci! Fais pas ça! Range ceci! Range cela! Apporte-moi ceci! Apporte-moi cela! Quoi, tu veux que je le dise à Maman? Tu crois que Papa va être content?… »

Moi, héroïque: pas le moindre gros mot. Ce n'est pas l'envie qui me manquait. Mais, je ne voulais prendre aucun risque avant d'avoir rencontré Monsieur Débomeau, notre délicieux voisin.

À 10 h 30, j'ai enfin pu m'échapper des griffes de Louise, mais porte close chez Monsieur Débomeau. Alors, je suis retourné à mon enfer, toujours aussi stoïque.

Cet après-midi, je crois bien qu'il est là: tous les volets sont ouverts.

Je ne le vois pas souvent pourtant j'adore Monsieur Débomeau. Tout vieux, tout grand, tout maigre et tout chauve, il est toujours vêtu très élégamment: pantalon et redingote queue-de-pie verts, quels que soient le jour et l'heure. Chaussures du meilleur cuir d'Italie, vertes comme tout le reste.

Monsieur Débomeau est académicien ! Maman m'a expliqué que c'est un monsieur très savant qui écrit des livres très intelligents et qui fait le dictionnaire.

Un visage effilé, deux sourcils épais en accent circonflexe et des lunettes sans montures perchées au bout de son nez, auxquels vous ajoutez une voix douce, une diction parfaite et un vocabulaire précieux : voilà Monsieur Débomeau.

« Ne serait-ce point mon charmant petit voisin ? dit-il en entrouvrant sa porte.

– Si, M'sieur Débomeau.

– Aurais-tu l'obligeance de me rappeler ton prénom ?

– Hugo, M'sieur.

– Que me vaut donc ta visite, mon cher Hugo ?

– Heu… c'est que…

– Ne soit point intimidé ! Si tu as pris la peine de venir toquer à ma modeste demeure, c'est que tu as certainement une requête. Mais entre donc ! Quel malotru je fais, de te le laisser sur le seuil ! »

Même si je n'ai pas tout compris, c'est avec un petit pincement au cœur que j'entre pour la première fois chez mon voisin.

Incroyable ! Inimaginable ! Son salon est un océan de livres. Comme s'ils avaient été apportés là par une vague géante qui en se retirant les aurait laissés partout : sur la table, sur les chaises, sur le canapé, sur la cheminée, sur le rebord des fenêtres, sur la moquette, sans compter ceux entassés, enchevêtrés sur les étagères.

« Vois-tu, mon salon est légèrement exigu, dit Monsieur Débomeau en se faufilant avec grâce et agilité entre des collines de romans, des montagnes de dictionnaires. Allons dans mon bureau : il est, disons, plus dépouillé. »

Effectivement, quel contraste ! Le bureau est une pièce aussi grande que le salon, mais uniquement occupée par une grande table ovale entourée d'une vingtaine de chaises. Sur la table : rien ! Pas un livre, pas un stylo, pas le moindre cahier ni même une seule feuille de papier.

« Cela surprend toujours mes hôtes, précise le vieil homme, mais je ne peux travailler que dans un tel dénuement.

– Qu'est-ce que vous faites, Monsieur ? je demande.

– J'élabore, je confectionne, je concocte un dictionnaire. Attention : pas un quelconque dictionnaire ! Non, mes collègues académiciens ont eu la délicatesse de me confier la rédaction du dictionnaire des gros maux.

– Alors, c'est vrai que vous connaissez le gromolé ?

– C'est donc ce qui t'amène, jeune homme…

– Oui, hier soir j'ai croisé un monstre plein d'horribles boutons qui m'a dit qu'il vous connaissait et que s'il était si laid, c'est parce qu'il disait trop de gros mots et moi je lui ai…

– Du calme, voyons ! Point n'est nécessaire de parler si vite et si fort. Hugo tu as effectivement croisé un gromolé. Mais laisse-moi te préciser que j'écris un dictionnaire de gros maux, M.A.U.X.

– Rien à voir avec les gros mots, M.O.T.S. ?

– Erreur ! Les gros mots sont un des gros maux de notre société, dit Monsieur Débomeau en souriant d'un air étrange. Mais ne serait-ce point ton patronyme que l'on hèle dans la rue ?

– Oh si, M'sieur, dis-je en sautant de ma chaise, c'est mon père qui m'appelle. J'ai oublié l'heure du foot ! Au revoir et je m'excuse !

– Je t'excuse Hugo et à très bientôt… »

Chapitre 3

Je suis calamiteux ! D'habitude, je suis un gardien de but plutôt efficace. Mais ma tête est restée chez Monsieur Débomeau. Le temps que je me remémore ce que m'a dit et surtout tout ce que ne m'a pas dit le vieil homme, l'équipe adverse enfile les buts et mes partenaires me mitraillent de comparaisons peu flatteuses : « Passoire ! » « Panier percé ! » « Nul de chez nul ! »

Trop c'est trop ! Je quitte mes buts et abandonne mes camarades en leur lançant une rafale de gros mots. Je regagne les vestiaires, me douche et… HORREUR ! En me donnant un coup de peigne devant la glace : un bouton ! Une énorme pustule rougeâtre, au milieu du front !

Mes jambes flageolent, le sol se dérobe sous moi. Je m'assois sur un banc en hurlant : *« Non ! Je ne veux pas devenir un gromolé ! Non, pas ça ! J'éclate en sanglots avant de me ressaisir : Pas question que les autres me voient dans cet état-là ! »*

Je prends mon sac de sport, jette un coup d'œil à la glace (le bouton est toujours là, mais il n'y en a pas d'autres), quitte le vestiaire et me précipite sur mon vélo.

Arrivé chez moi, je prétexte un mal de tête pour aller directement dans ma chambre, sans passer par la case « souper ». Quand Maman monte prendre de mes nouvelles, je fais semblant de dormir.

La faim me tire du lit vers trois heures du matin. Je descends picorer dans le frigo et passe par la salle de bains : même bouton, ni plus gros ni plus rouge.

Et ce matin, je me réveille plutôt en forme et presque de bonne humeur. Direction la cuisine, où comme chaque dimanche matin, un somptueux petit déjeuner m'attend. Maman et Papa qui l'ont préparé, sont allés courir. De vrais marathoniens : on ne les revoit jamais avant midi. Aujourd'hui, ils ont même une compétition, à l'autre bout du département. On se gère jusqu'à leur retour, en fin d'après-midi. Mamie nous appelle toutes les deux heures, pour veiller au grain.

Ma sœur dort encore : la « pauvre ! », elle avait une boum hier soir. Elle a dû rentrer au moins à 23 heures. Génial : je vais pouvoir petit déjeuner tranquillement et éviter ainsi disputes et... je me renverse du lait bouillant sur les genoux. Je hurle de douleur, échappe un chapelet de jurons en renversant la table. Au même moment, Louise entre dans la cuisine. Me regarde. Se statufie, les yeux hors des orbites. Lâche enfin la poignée de la porte. Fais demi-tour en vociférant : « Un monstre ! Au secours ! Un monstre ! »

Farine
Sucre
Café
Thé

Je fonce dans la salle de bains, m'asperge genoux et pyjama d'eau froide et me regarde dans la glace. TROIS ! Trois pustules plus grosses et plus rouges les unes que les autres ! Une au milieu du front (celle du foot), une sur la joue gauche et une au bout du menton (celles de l'accident de lait).

Pas le choix : il faut que je retourne voir Monsieur Débomeau. Qui sait ? Il a peut-être un remède pour faire disparaître ces affreux boutons ! Au pire, il me donnera quelques conseils pour ne pas aggraver ma maladie.

Je me lave sommairement, m'habille et fouille dans la trousse à maquillage de Maman. Fond de teint : voilà ce qu'il me faut. Je m'en enduis front, menton et joue gauche : pas question que Monsieur Débomeau s'aperçoive de mon début de « gromolite ».

Je remets tout en ordre, inspecte le couloir (pas de Louise) et quitte la maison sans bruit.

Je m'apprête à frapper chez Monsieur Débomeau quand j'entends un cri qui semble provenir du salon. Je redescends les trois marches du perron et je jette un œil par la première fenêtre. Personne, hormis les milliers de livres.

Un nouveau cri! Des voix! J'escalade la seconde fenêtre. Ouah! Autour de la grande table du salon, une douzaine de gromolés! Plus monstrueusement laids les uns que les autres! Immobiles, les avant-bras croisés sur la table, ils regardent tous Monsieur Débomeau, debout près de la porte. À tour de rôle, ils lui parlent. Le vieil académicien les écoute se contentant de hocher la tête.

Soudain, le gromolé le plus près de la fenêtre jaillit de sa chaise comme un diable de sa boîte, pousse un cri et…

Chapitre 4

« Hugo… mon petit Hugo…

– Hein… quoi…

– Il serait de bon goût que tu recouvres tes esprits.

– Mes esprits… aïe… ma tête… où suis-je ?

– Chez ton voisin, qu'apparemment tu espionnais depuis la fenêtre.

– Voisin… Monsieur Débomeau… les gromolés… ah oui ! … ma tête…

– Tu as chu sur le trottoir. Ne bouge pas, je reviens. »

Un terrible mal de tête me cloue sur le canapé du salon. J'ai aussi envie de mourir de honte, de disparaître avalé par les livres. « *Que dire à mon adorable voisin ? Je ne peux pas ajouter le mensonge à l'espionnage.*

Et s'il n'était pas aussi adorable que ça ? D'où viennent tous ces gromolés ? Et si c'était une secte ? Et si Monsieur Débomeau transformait les enfants trop curieux en gromolés ? »

Du coup, la peur remplace petit à petit la honte. Il faut que je parte d'ici au plus vite. Personne ne sait où je suis…

« Je vois avec plaisir que ton état s'améliore ! dit Monsieur Débomeau en me tendant une compresse. Pose-la sur ton front avant qu'il n'explose.

– Merci… mais…

– Mais tu aimerais savoir qui étaient tous ces gromolés que tu as vus dans mon bureau ?

– J'ai rien… enfin… si… Ce sont des enfants qui ont dit trop de gros mots…

– Que nenni.

– … mais il n'y a pas autant d'enfants dans la rue…

– Que nenni.

– … et puis, ils sont grands pour des enfants…

– Tu n'écoutes donc point ! Que nenni, te dis-je !

– Ça veut dire quoi "que nenni" ?

– Cela veut dire qu'il ne s'agit point d'enfants. Ce sont des adultes.

– Des adultes ! je m'exclame, en m'asseyant sur le canapé-bibliothèque.

– Oui, confirme l'académicien, des adultes, de l'âge de tes parents ou de tes grands-parents. Aucun des gromolés que je reçois ne peut être un enfant. C'est tout simplement impossible.

– Mais pourquoi viennent-ils chez vous ? je demande à peine rassuré.

– Cher ami, permets que je ne réponde pas à ta question pourtant fort intéressante.

Gromolé

Caractéritiques physiques:
Taille et corpulence variable,
Tête en forme de galet,
Petits yeux globuleux,
Grande bouche édentée,
Cheveux rares et raides
comme des poils de balai-brosse.
Pustules et boutons à gogo.

Note:
Cette extrême laideur rappelle
à quel point la «gromolite» est
une affection grave.

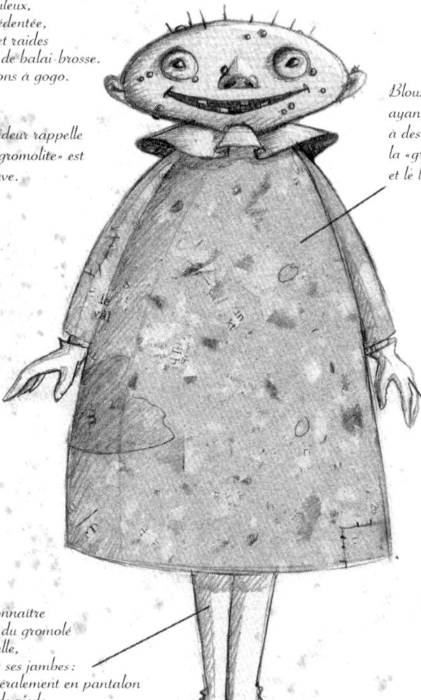

Blouse élimée et crasseuse
ayant généralement servie
à des générations de gromolés car
la «gromolite» et une maladie tabou
et le linge sale reste en famille.

Gants permettant
de préserver l'anonymat,
tout comme la collerette
que l'on peut observer
autour du cou.

On ne peut reconnaître
le gromolé mâle du gromolé
du gromolé femelle,
qu'en regardant ses jambes:
le mâle sera généralement en pantalon
et aura de grands pieds;
la femelle aura elle, généralement,
les jambes apparentes
et des pieds plus petits,
souvent chaussés de souliers
à talons hauts.

Note:
La voix du gromolé peut être
aussi un bon indicateur:
- voix grave pour le mâle
- voix aiguë pour la femelle.

Caractéritiques psychiques.
Être sensible et plutôt intelligent,
puisque voulant remédier à son mal,
doté d'une bonne volonté indéniabl
plutôt gentil (sauf en pleine crise
de «gromolite», mais ses agressions
resteront uniquement verbales).

Les gromolés sont des êtres fragiles qui ont droit à la plus grande confidentialité.

– Ils sont encore à côté, M'sieur ?

– Non, ils ont regagné leur domicile et tu devrais faire de même. Tes parents risquent d'angoisser. »

Je me lève du canapé, traverse la mer de livres tout en lui posant une dernière question :

« Vous êtes sûr, Monsieur Débomeau, qu'aucun enfant ne peut devenir un gromolé ?

– Catégorique, mon cher !

– Mais pourquoi ?

– Tout simplement parce qu'il n'y a rien d'anormal à ce que les enfants disent des gros mots. Par contre, ceux qui, en grandissant, conservent cette mauvaise habitude, ont toutes les chances (ou malchances) de se "gromoliser". Mais assez parlé : rentre chez toi, tu perds à nouveau tes couleurs. Demande à tes parents de te conduire chez un docteur. Je ne voudrais pas que tu sois victime d'une commotion cérébrale. »

Je quitte Monsieur Débomeau avant de tourner de l'œil. Pas à cause de ma chute, non ! mais à cause de ce qu'il m'arrive : *« Pourquoi moi, Hugo, neuf ans, je me transforme en gromolé ? »*

Deux autres questions me taraudent : « Pourquoi n'ai-je jamais rencontré d'autres gromolés dans le quartier ? » et « Par où entrent-ils et sortent-ils de chez Monsieur Débomeau ? »

Chapitre 5

Un coup d'œil à ma montre : 11 h 10. Pas envie de rentrer à la maison. Me retrouver face à Louise avec ma bosse et mes pustules, non merci !

Je décide d'aller faire un petit tour au marché du quartier. Peut-être qu'en regardant de plus près marchands, clients et badauds, je repèrerai quelques gromolés, voire avec un peu de chance celui de vendredi soir.

Un dimanche matin « normal », j'adore me balader, flâner, me perdre au milieu des étals : vrai labyrinthe d'odeurs, de couleurs, de cris, de rires, de bonne humeur et quelquefois de sévères « disputes ».

Voyons, qui a la réputation de dire des gros mots ?

La poissonnière ! Non, Madame Canapech, si elle a le verbe haut, c'est toujours avec le sourire et un bon mot aux lèvres.

Le boucher ! Non plus, les deux expressions favorites de Monsieur Bavette sont « Et avec ça ? » et « Ça sera tout ? », qui aux dernières nouvelles ne sont pas des grossièretés.

Soudain, mon attention est attirée par un couple qui discute vivement devant la camionnette du marchand de fromages. Je m'approche : bingo ! Des jurons fusent. Je crois que s'ils pouvaient, Monsieur et Madame se lanceraient des camemberts à la figure.

Un petit attroupement de curieux s'est formé. Je prends place aux premières loges et je scrute l'homme et la femme, qui continuent de s'insulter copieusement. Un peu plus vieux que mes parents, ils n'ont aucun bouton, aucune pustule sur leurs visages cramoisis par la colère et la haine. Aucun signe de « gromolite » alors qu'ils ont l'air de professionnels des gros mots !

Je m'apprête à reprendre mon inspection du marché, quand on me tape sur l'épaule :

« Tiens, Hugo, toi aussi tu profites du rififi, c.. ! »

Je me retourne : Monsieur Serpat, un collègue de mon père.

« Viens, ajoute-t-il en me prenant par le bras, ce n'est pas un spectacle pour enfants ! Que de vulgarité, c.. ! »

Monsieur Serpat est originaire de Toulouse et il a gardé la manie de terminer la plupart de ses phrases par le plus célèbre des gros mots. Celui en trois lettres ! Eh oui, les gros mots sont souvent tout petits !

Il a aussi l'habitude de beaucoup parler, et je n'ai pas encore pu prononcer un seul mot, qu'il me dévisage et me dit:

« Mais tu es tout pâle, c.. . Et tu as de vilains boutons: un, deux, trois, quatre, cinq… boudu c.. .

– C'est vous M'sieur Serpat qui devriez être plein de boutons.

– Comment?

– Pardon… excusez-moi… je suis fatigué…

– Tu veux que je te raccompagne chez toi?

– Non merci, M'sieur. Excusez-moi encore, dis-je en prenant mes jambes à mon cou. »

Je cours droit devant moi, bousculant quelques passants, renversant quelques cageots.

Dans ma tête aussi tout se bouscule: *« Qu'est-ce qui m'arrive? Encore des boutons! Ce sont les autres qui vomissent tous les gros mots du monde et c'est moi qui me gromolise! »*

Qu'est-ce que vous auriez fait à ma place?

Chapitre 6

Moi, je me suis précipité chez Monsieur Débomeau. Louise ne s'inquiétera pas de mon absence ; je suis même sûr qu'elle n'en parlera pas à Mamie Jacqueline.

« Monsieur Débomeau ! Ouvrez-moi ! S'il vous plaît… »

Il me reste l'après-midi pour me débarrasser de ces boutons, pour stopper ma transformation en gromolé. Je me suis regardé dans la vitrine du coiffeur: pas beau à voir!

« C'est moi, Hugo, votre petit voisin… »

Oui, mais voilà un quart d'heure que je tambourine chez lui et apparemment, il n'est pas là.

« Soyez sympa! J'ai plein de boutons; il faut que vous me soigniez… »

Bizarre! La porte n'est pas fermée à clef. J'entre! Tant pis s'il fait la sieste, mais il faut absolument que je lui parle.

Je traverse la grotte aux livres, entre dans le bureau: personne! À l'autre bout de la table ovale, une porte: certainement celle de sa chambre. Je m'en approche quand je vois, sur une chaise, un énorme livre.

Je prends délicatement le dictionnaire, le pose sur la table et l'ouvre directement à la lettre « G ».

GROMOLITE *(n. f.): maladie de l'adulte se traduisant par une éruption de pustules sur le visage et dans les cas les plus graves se prolongeant par une déformation particulièrement monstrueuse du visage. Deux thèses s'affrontent sur l'origine de cette maladie: celle du parasite et celle génétique (ou métabolique).*
Ce qui est sûr, c'est que le facteur déclencheur est une utilisation extrêmement excessive de gros mots.
Une fois atteint, le sujet (appelé Gromolé*) a peu de chance de renverser le processus de mutation. Une seule possibilité: transmettre tous les gros mots qu'il connaît à un autre sujet. Le processus s'inversera pour se transférer sur le nouveau sujet. Moyen très efficace mais totalement immoral, voire même cruel et posant un grave cas de conscience.*

Je crois que je commence à comprendre: c'est le gromolé que j'ai rencontré vendredi soir qui m'a transmis sa « gromolite ». Pourtant, il est bien précisé que c'est une maladie de l'adulte. Qui sait, elle a peut-être muté en maladie infantile! Dans ce cas-là, je vais pouvoir la passer à ma sœur: le moral remonte!

Je feuillette le dictionnaire et m'arrête sur deux mots (maux!) inconnus:

BÊTISOVORITE *(n. f.): maladie infantile provoquée par un excès de bêtises.*
Symptômes: apparition d'un animal (le bêtisovore) qu'il faut nourrir de bêtises et qui grossit très rapidement.
Entraîne une addiction aux bêtises de plus en plus énormes. Très difficile à guérir.

***ORTOGAFURE** (n. f.): maladie scolaire véhiculée par certaines maîtresses (famille des Podvach).*
Symptômes*: apparition d'un parasite invisible et diabolique (l'ortogafeur) qui souffle des bêtises aux enfants pendant la dictée et infecte leurs copies de fautes d'orthographe. Rédhibitoire, même à l'âge adulte.*

Les autres maux de ce dictionnaire, malheureusement, je les connais trop bien: famine – guerre – intolérance – racisme…

En voulant reposer le dictionnaire sur la chaise, il m'échappe des mains. Il tombe sur le plancher, ce qui déclenche l'ouverture d'une trappe. Je m'approche du trou béant: un escalier en colimaçon s'enfonce sous la maison.

Qu'est-ce que vous auriez fait à ma place?

Chapitre 7

Je me retrouve dans une cave au sol en terre battue. Cave n'est pas le mot exact car les livres y ont remplacé bouteilles et bocaux de conserves. Comme dans le salon, il y en a des milliers entassés dans des dizaines de cartons empilés le long des quatre murs. Côte à côte, deux grandes armoires, sûrement pleines de livres, sont le seul mobilier de cette pièce somme toute très lugubre.

LIVRES
LIVRES
LIVRES
Livres

En tout cas, toujours pas de Monsieur Débomeau : je n'ai plus qu'à remonter. Trop tard ! La trappe se referme aussi inexplicablement qu'elle s'était ouverte quelques minutes plus tôt.

Je me retrouve au milieu de l'escalier, dans le noir complet. Heureusement, j'ai remarqué un interrupteur-bouton au bas de l'escalier. Au mieux, il commande l'ouverture et la fermeture de la trappe, au pire c'est un commutateur électrique. Je redescends à tâtons, palpe le mur de mes mains aveugles et trouve enfin le bouton. Une pression : lumière !

Je respire mieux bien que mon cœur continue à battre la chamade. J'avale quatre à quatre les marches et m'arc-boute contre la trappe. Impossible de la faire bouger d'un millimètre. Alors, je me mets à tambouriner espérant que Monsieur Débomeau m'entende. Je tambourine, j'hurle, je tambourine… en vain !

Épuisé, les poings en feu, je redescends dans la cave que je me mets à inspecter de fond en comble. Entre deux piles de cartons, je découvre une porte. Elle s'ouvre, sans difficulté, sur un tunnel aussi étroit qu'inquiétant.

Pas le choix: c'est peut-être ma seule issue de secours!

Je cale la porte avec un carton pour permettre à la lumière d'envahir le début du tunnel et pour être sûr de pouvoir regagner la cave si je suis obligé de faire demi-tour.

Long ce tunnel. Long et de plus en plus sombre. Au bout, une porte métallique. Une porte blindée, sans poignée. Une porte sans espoir ! Inutile d'y tambouriner et puis j'ai encore trop mal aux mains.

Retour à la cave où je m'assois en tailleur, bien calé, entre deux piles de livres. Il faut que je récupère et que je fasse le point.

Un coup d'œil à ma montre : la trotteuse est arrêtée ! Je n'y crois pas : elle n'a pas résisté aux coups contre la trappe. Le temps s'est figé à 13 h 47.

Je sens la panique me vriller l'estomac, me serrer la poitrine, m'exploser la tête. « *Personne ne sait où je suis. Personne ne viendra me chercher là. Je vais y mourir de faim et de soif. Celui qui a dit que la lecture est une nourriture n'a qu'à venir dévorer les livres : je les lui laisse !*

Hugo, calme-toi ! Hugo, réfléchis ! Monsieur Débomeau va forcément revenir, sa porte d'entrée n'était pas fermée. »

Je décide donc de monter régulièrement tambouriner à la trappe. En attendant, le mieux est d'essayer de dormir.

J'ai à peine fermé les paupières que j'entends un grondement venant du tunnel. Puis des voix sourdes. Terrifié, je me précipite vers une des armoires. Elle est vide. Je m'y réfugie, laissant la porte légèrement entrouverte de façon à voir l'entrée du tunnel.

Chapitre 8

Une femme et un homme débouchent du tunnel. Tous les deux la cinquantaine, et même si je ne les vois pas bien, leurs visages ne me sont pas inconnus. Je les ai déjà croisés dans le quartier.

« Tiens, remarque l'homme, ceux de ce matin ont oublié d'éteindre. Il faudra le signaler à Monsieur Débomeau.

– Nous sommes les premiers, nous allons avoir le choix, dit la femme en s'approchant des armoires. »

Je me recroqueville au fond de la mienne, m'arrête de respirer et cherche comment justifier ma présence. Mais elle ouvre l'autre et en extirpe… non, je n'en crois pas mes yeux… deux masques de gromolés et deux grandes blouses identiques à celles que portait ma rencontre de vendredi soir.

Ils enfilent leurs accoutrements puis empruntent l'escalier en colimaçon. Arrivés à la trappe, ils marmonnent quelques mots que je ne comprends pas et celle-ci s'ouvre et se referme juste après leur passage.

Je sors de ma cachette et me rue sur l'autre armoire. À l'intérieur, une vingtaine de masques et autant de blouses !

Qu'est-ce que vous auriez fait à ma place ?

Moi, rien ! Car un nouveau grondement métallique envahit le tunnel. Juste le temps

de rejoindre mon poste d'observation que trois personnes déboulent dans la cave : les Gronchon !

Ceux-là, je les connais ; dans le quartier, tout le monde les connaît ! Deux frères et une sœur, tous les trois célibataires et toujours à chercher des poux aux voisins. Rois des insultes, jurons, gros mots et du parler haut. Ils s'équipent et du bas de l'escalier hurlent en chœur : « Des gros mots, non ! Débomeau, oui ! » La trappe coulisse et moi, j'ai mon sésame !

Par contre, impossible de quitter mon armoire. Pendant une dizaine de minutes, c'est un défilé incessant d'hommes et de femmes de tout âge. J'en connais plus de la moitié et quelques-uns très bien : Monsieur Tétoidon, le directeur de mon école ; Madame Pipelète, la femme du maire, et que dire des deux derniers… Mamie et Papi !

Non, je ne rêve pas, ce sont bien papi Jacques et mamie Jacqueline, les parents de ma mère, mes grands-parents donc qui sont en train de se « gromoliser ». Voilà pourquoi ils ne sont jamais chez eux les dimanches après-midi !

Au même instant, un flash me traverse le cerveau. Oui, c'est ça, c'est bien ça ! Je sais ce que toutes ces personnes viennent faire ici et pourquoi ils se déguisent : ce sont des Grossiers Anonymes.

La semaine dernière, en zappant entre deux dessins animés, j'ai vu une émission sur les Alcooliques Anonymes : des gens qui ont sombré dans l'alcool et qui se réunissent régulièrement pour s'entraider et essayer d'arrêter de boire.

Monsieur Débomeau, lui, réunit des Grossiers Anonymes !

Cela fait maintenant plus de cinq minutes que mes grands-parents ont rejoint le bureau de Monsieur Débomeau et que plus personne n'est entré dans la cave. J'en déduis que tous les participants à la réunion sont arrivés. Je sors de mon armoire et m'aperçois qu'il reste un équipement de gromolé dans l'autre.

Qu'est-ce que vous auriez fait à ma place ?

Chapitre 9

Il reste une place autour de la grande table ovale. Je m'y installe, en me mettant à genoux sur la chaise. Pourquoi ? Pour me faire plus grand. Ainsi, j'ai presque la taille de mon voisin de gauche et je dépasse d'une demi-tête celui de droite qui, j'en suis sûr, est mamie Jacqueline. Je reconnaîtrais entre mille sa merveilleuse eau de Cologne à la fleur d'oranger.

J'ai à peine fini de m'installer qu'apparaît Monsieur Débomeau :

« Chers amis gromolés, puisque tout le monde est là, je déclare ouverte notre soixante-douzième séance. Commençons, comme d'habitude, par le bilan hebdomadaire de chacun, si vous le voulez bien. »

« 72 séances ! On ne se débarrasse pas comme ça des gros mots ! » Je pense alors, que mon voisin, sur un signe de Monsieur Débomeau, se lève et d'une voix tremblotante dit :

« Cette semaine, j'ai… j'ai proféré 24 très gros mots, 15 gros mots… moyens mais pas… un seul petit gros mot. Je… je suis… assez fier.

– Vous pouvez l'être, approuve Monsieur Débomeau. Néanmoins, je suis surpris du nombre fort élevé des très gros mots. Comment l'expliquez-vous ?

– Je me contrôle parfaitement en famille, avec mes amis ainsi qu'avec la plupart de mes voisins. Par contre, au travail mon chef est un vrai…

– S'il vous plaît, coupe fermement Monsieur Débomeau, pas de gros mot ici. Sinon, exclusion immédiate et irrévocable ! Dois-je vous le rappeler ?

– Pardon, mais mon chef est un vrai… tyran, sanglote mon voisin, en s'effondrant sur sa chaise.

– Cher Gromolé Traumatisé, calmez-vous, reprenez vos esprits. Nous verrons dans la deuxième partie de notre séance, comment se comporter face à la tyrannie des petits chefs. »

Pendant un long moment, les gromolés se lèvent les uns après les autres (deux à la fois quand il s'agit de couple) et font le bilan de leur semaine « gromolesque » :

« Jusqu'à hier soir, pas un seul gros mot. Je pensais m'en être sorti. Vraiment… et puis j'ai posé la main sur la plaque à induction…

– Moi, vendredi soir, j'ai rechuté : une pleine brouette de gros mots que j'ai déversée contre tous ces parents d'élèves, plus insupportables que leurs enfants…

– Je n'y arrive pas ! Je n'y arrive pas ! J'en dis toujours autant ! De toutes les tailles ! À tout le monde ! Je n'ai pas pu les compter...

– Un seul gros mot, mais ÉNORME ! Je n'ai pas pu m'empêcher...

– Moi, plein de tout petits gros mots ! Et vraiment, j'aime ça ! Je me demande si je veux vraiment guérir ! Pourtant, si mon mari veut être réélu...

– Nous, que des gros mots entre nous. N'est-ce pas chérie ?

– Oui, mais beaucoup.

– Cinquante ans que nous sommes mariés, que veux-tu !

– Et puis, on n'a pas de petits enfants à qui transmettre tous ces gros mots... »

Ça va être au tour de Mamie et Papi. Et après, ça va être à moi !

Qu'est-ce que je vais dire ? Je ne les ai pas comptés mes gros mots de la semaine. Je me demande d'ailleurs comment ils font.

Je n'ai pas une voix d'adulte, à tous les coups Monsieur Débomeau va me reconnaître.

En plus, je n'ai vraiment pas envie de savoir le nombre de gros mots de mes grands-parents ni la cause de leur « gromolite ».

Alors, comme un diable, je me lève de ma chaise et m'enfuis par le salon.

Ralenti dans ma course par les montagnes de livres, j'entends Monsieur Débomeau s'exclamer :

« Diantre, c'est notre deuxième Gromolé qui nous quitte en trois jours ! Serait-ce le début d'une épidémie de guérison ? »

Épilogue

Je me précipite chez moi. File directement à la salle de bains. Là, je me débarrasse de mon accoutrement de gromolé et de tous mes vêtements.

Horreur ! J'ai des pustules sur tout le corps. De la tête aux pieds et même dans les cheveux !

Je hurle de désespoir. Je vomis tous les gros mots que je connais et les autres aussi.

Quelle injustice ! Je me transforme en gromolé vivant, la faute à Papi Mamie !

Je hurle, je pleure, je vocifère, je sanglote et me retrouve, je ne sais comment, dans les bras de Maman.

« Voyons Hugo, calme-toi ! C'est juste une sacrée varicelle. Allez, au lit, la température, le docteur, et la semaine prochaine ce sont mamie Jacqueline et papi Jacques qui te garderont. Mais attention, tu sais qu'ils sont un peu vieux jeu et qu'ils ne supportent pas le moindre gros mot ! »

FIN

ISBN : 978–2–7581–0992–1

Société d'Édition et de Diffusion
pour la Recherche et l'Action Pédagogique.
9 rue des Frères-Boudé • BP 10665 • 31106 TOULOUSE Cedex 1
www.sedrap.fr

Loi n°49-956 du 16 juillet 1949 sur les publications destinées à la jeunesse.
Dépôt légal : 3e trimestre 2011
réf : LTGRRO

Achevé d´imprimer en Espagne par Graficas Lizarra: Juillet 2011